숲은 너에게 동화가 있느냐고 묻는다

곽은주 시집 숲은 너에게 동화가 있느냐고 묻는다

1판 1쇄 펴낸날 2021년 10월 28일
지은이 곽은주
발행처 (재)공주문화재단
펴낸이 이재무
책임편집 박은정
편집디자인 민성돈, 장덕진
펴낸곳 (주)천년의시작
등록번호 제301-2012-033호
등록일자 2006년 1월 10일
주소 (03132) 서울시 종로구 삼일대로32길 36 운현신화타워 502호
전화 02-723-8668
팩스 02-723-8630
홈페이지 www.poempoem.com
이메일 poemsijak@hanmail.net

ISBN 978-89-6021-587-0 03810

값 10,000원

*본 도서는 (재)공주문화재단(대표이사: 문옥배) 사업비로 제작되었으며,「2021 공주 신진
 문학인」선정 작품집입니다.

숲은 너에게 동화가 있느냐고 묻는다

곽은주

천년의
시 작

시인의 말

가끔 물음이 있다. 가끔 상상한다.
그리고 늘 그립다. 어머니와 별
길모퉁이 풀덤불 지나
고요한 숲
아직 동화가 있다고, 어쩌면 향긋하다고 전하고 싶다.

2021년 겨울 오기 전 곽은주 씁니다.

차 례

시인의 말

제1부 기다렸다

제1부 기다렸다

알 수 없는 일

바람도 없는데
꽃은 수줍게 피어
산과 냇물을 조용히 기다리게 하다가
제 시름에 지는 것도
그만 떨어져 버리는 것도
깊은 산골의 일은 알 수 없다

당신과 엇갈린 길을 가다 스칠 때
벗어 버릴 수 없는 옷 때문에
가슴 아플지라도
돌아서는 길에
흔들리는 작은 꽃잎이 마음을 부여잡을지라도
애절한 꽃
깊은 산골의 일이라 알 수 없는 것이다

약수터

나무는 보고 있었다
긴 외투 자락을 끌며 걷는 나를
저도 잎을 다 떨구고
빈 몸으로 서서
고개를 들지 못하는 나를

나무는 말하고 있었다
십자가를 바라보며
사제가 입당할 때
울리는 음악처럼
고요한 촛불처럼
사제의 모아진 손에 깃든
경건과 고통처럼

이 길을 다 가고
샘물에 도착해도
완성되지 않은 이야기가 있듯이
산언덕에서 내려다보이는 작은 마을은
계시가 아직 닫히지 않았다는 것을
그래서
꿈을 꾸며 걷는 약수터 길을

나무들은

겨울 내내 지키고 있었다

능수원

버드나무 가지 흔들리더니
빗줄기 더 굵어졌다
앞 내가 불어
흙탕물로 몰려가기 시작했다
언덕 어귀엔
왕촌 마을버스 황급히 돌아오고
물이 불기 전에 내를 건너자고 하면서도
우리는 계속 권하고 있었다
세월이 지나도 오는 비를
흘러가지 못하게 하고
더 크게 역류하는 증오를
우리는 취하고 있었다
앞산 발부리에서 퍼지는
초록 물안개 속에
다리가 가라앉아도
건너갈 다리가 보인다고
우리는 계속 권하고 있었다

제비꽃

자그마하게 피어나
작은 목소리로
그래 들린다
봄

이율배반

가슴이 쓰리기도 하겠지만
너를 놓아주기로 하였다
그래서
나를 놓아주기로 하였다
등을 돌리고 걸으면
마음이 사라지고
산이 되고
물이 되고
너는 흘러가는 물로 살고
나는 보내는 산으로 살고

다시 걸으며
산으로 남길 잘했다고 생각했다
너는 구름으로 망망대해를 날다
비가 되어
어느 날인가
마른땅을 적셔
갈증을 푹 적시고
아무렇지도 않은 듯이
샘물로 솟구쳐 오를 것이다
어느 골짝인가

맑은 물이 솟구치는

네가 살아나는

산으로 남길 잘했다고 생각했다

불회사 목탁 소리

나무 두드리는 소리 둔탁하여 언제 꽃 필까

처마 끝 맴돌던 바람
빈 마당 건너 대숲으로 날아가니
댕그랑댕그랑
풍경 흔들어 수선화 향 뿌리더라

노을이 오는 시간

석양이 오면
마무리되는 기쁨이 있다
저녁밥을 짓는다
조용한 감사 기도다

냄비 저으며
따뜻한 음식에
객지 나간 아이들이 보고 싶다

창문 노을 곱다
나뭇가지 고요하다
울컥울컥한 걱정도
기꺼이 쉼을 얻는다
언덕 저녁 종소리
새들을 쉬게 하고
평안을 나누어 준다

신만이 알고 있는 자기 비하와
눈물 찔끔한 삶의 유머 위에
유한하지만 무한한
고귀한 시간이 마을을 덮는다

가득한 계절에 있다

물억새 가지 붙잡고 하늘로 선 참새
검은 줄기인 듯 잎 아래 참새
억새 몸 부딪히는 마른 소리에
햇살 소복이 털며
여인의 웃음소리인 듯 재잘거리더니

숨소리에
일제히 날아간다

이제 물 건너 가는 가지 물결친다
억새꽃 반짝이며 일렁일 때
냇물 햇살 새소리 반짝이며 일렁이며 반짝이며
한가운데에 머문 계절
소녀도 일렁이며 반짝인다

그저 그뿐

알겠다
용서해야 할 것은
이생에는
바람이 스쳐 간다는 것뿐

꽃향기 같은 네가 아니고
미련한 내 발목이 아니고

머뭇머뭇 돌아서는 발자국
언덕 아래 혼자 걷는 휘파람 소리
노을 타는 강가
절벽 바위 그 붉은 마음은 아무 잘못이 없다
이생에서 용서해야 할 것은
그저
바람이 어긋나 스쳐 간다는 것
그것뿐

투명함 넘어 맑음

겨울 오기 전 햇살
제 살까지 볕 부스러기까지
맑아

붉고 푸른 시절
뜨겁던 그 여름 넘어왔어도
그대 마음에 이르지 못한 채
노랗게 물들어
사라지겠지 체념한 날만큼
번민의 가루
안타까운 걸음 찬란한 들판 이르러

세수를 하며 자랑도 허물도 없는 나이의 머리를 빗기며
그리움도 부끄러움도 씻은 듯
세월에 씻긴 얼굴
맑고
맑아
그 여름 꽃그늘이 안타깝다

여인

늦게 오셨는데 붉게
불현듯 오셨는데 붉게

은행잎 깔려 새벽안개 같은
단풍잎으로 못다 한 편지 보내는
커다란 떡갈나무 떨어지는 조용한 갈색의 흐름
이제 좋습니다

억새밭 거쳐 멈추어 선 어떤 사상의 등불 아래
엉겅퀴 가시 찔리며
별 따라 걸어
당신은 햇빛이 되었습니다
풍족한 가슴과 망개나무 열매 빨간 입술
떡갈잎 우수수 내리는 눈매가 되었습니다

불현듯 찬란하게
마침내 찬란하게

은하수 이야기

깊은 안골까지 품고 스며든
산새 조용한 뜻
들꽃의 고백 노래 한들거려
파묻힌 목숨
성거산 하늘 반짝이는 별 되다

아이를 업고 함께 건너야 하는 죽음에
가슴 시려 잠시 멈추었을까
까만 눈망울 앞서 스러질 때 어미는
가슴 치며 후회하고
안심하고
아가는 눈물 많은 어미는 그 집의 억센 아비는
다정한 옆집 아재는 아지매는
함께 손잡아
검은 하늘 함께 흘러가는 푸르른 운하 되다

줄 지어 낮은 무덤
낮은 곳에 모여 있는 길동무들
함께한 이들 있어 건널 수 있었을까
읊조리는 기도문 높이 우러러 건널 수 있었을까
깊은 안골까지 품고 품은 뜻
풀숲에 오롯이 빨간 싸리꽃 되다

향기로운 꽃으로 전해 온 지난밤 꿈은

대추나무 잎 다 떨어지고
감나무 잎 다 떨어진 것은
할 말이 없기 때문이다

세찬 바람 불어오는 저녁
흐린 하늘 받치고 있는 것은
가지가 말랐기 때문이다

귀뚜라미 소리 내 방 창문에 있다
조그만 구멍에서 땅속까지 울리는 것은
그대 멀리 있기 때문이다

부를 때마다 뒷걸음으로 물러나는 그대
향기로운 꽃으로 전해 온 지난밤 꿈은
폭설로 마을과 떨어져 홀로 있는 긴 밤을
그대 알았기 때문이다

죽음이 안으로 왔다

어머니 가신 후
죽음이 안으로 왔다

인정할 수 없다
이해할 수 없다
시간의 한계에 대한 분노도 고백하였다

여전히 우는 새는 그 새 아니고
하늘거리는 꽃은 그 꽃 아니지
아무렇지도 않은 고요한 아침
자식은 여전히 살아나지만
그 모습 그 목소리 아니지
그 아린 마음 아니지

나무 사이 사각거리는 바람아
다른 길로 가는구나
돌아서다 정말 다 사라지냐고 다시 물으며
뿌리 없는 쓸쓸함이 여름 내내 무성히 커 버렸다

겨울 바느질

겨울 접어들며 시작한 바느질은 눈 녹을 때까지 계속되었다
저릿했던 편지들은 사소한 조각으로
이런저런 것이 꿰매지고 잘려 나가고 했다
네가 올 리 없다 생각했지만
장롱 속 배냇저고리인 양
가끔 꺼내어
함박눈에 덧대어 오랫동안 꿰매기도 했다

비둘기

철근 집 지어 이사한 후론
아이들 와자지껄한 소리 이사한 후론
빨간 벽돌집 지붕 밑 방엔
비둘기 몇 마리 살기 시작했다

삼 층에서 수업을 하면
비둘기가 바로 건너편에 앉아 있다
높은 언덕
선교사가 지어 팔십 년 동안
마을을 내려다보고 있는 지붕 위에

비둘기는 보고 있다
언덕 아래
커다란 은행나무 늠름함
박물관 아담한 뒤뜰과
성당 꼭대기의 십자가
장미 나무 곁
순결한 마리아상
큰길 건너
건너편 봉황산 가파로움에 이르고
금강 너머

연미산 중턱에서 반짝이는 강물 빛
바람에
마음 맺힘을 모두 놓아 버리고
나뭇잎의 냄새로
저 아득한 곳으로
마음을 씻기는 봉화대까지

한가로이 날아도
우리는 알고 있다
아이들은 내 목소리에서 그것들을 듣는다
우리는 수업을 한다
비둘기가 산과 강을 굽어보는 따뜻한 오후에

나팔수

햇살 기우는 저녁
포도밭 집 탱자나무 울타리 오르면
건너편 언덕에서 나팔 소리
언덕 아래쪽엔
하루 삶이
아직도 엉클어져 있지만
강하고 약하게 이어지는 곡조는
남아 있는 햇살에 실려
온 하늘로 흩어진다

마을도
사람들도
단순한 곡조로 흩어지는 경쾌함
흩어졌다가
어느새
그림자로 내려앉아 비늘을 털지라도
나팔수는
밤에도 나팔을 불어
끝나지 않는 우리의 하루를
밤하늘 별로 흩어지게 하리니
새로운 날이 오는

새벽까지 부세요

간혹 따라 부르는 내 노랫소리가

그저

탱자나무 울타리에 올라앉은 작은 새 되게

따스함으로 영혼을 소생시키는 햇살 되게

제2부 바닥으로 흐르는 강

물가의 나무

물을 따라 흘러가지 못하는 것을
슬퍼한 날이 있었다
나무 그늘을 휘휘 돌더니
시원한 그늘에 와 쉬더니
그 그늘을 믿고 있던 나무를 떠나
빠르게 흘러가 버렸다

햇빛으로 반짝이며
두려움 없이
흘러가는 물의 속도는
나무를 두렵게 했다

그 자리에 있어서
열리는 열매는
아름다운 풍경일 수도 있지만
믿지 않았다
나무는 뿌리에 박혀 있는 것을
슬퍼한 날이 있었다

소년과 갈대

금강가에 소년이 있었네
소년은 열여섯
바람이 불어오면
얼굴이 붉어지고
어색한 표정으로
몸을 움츠리지

갈대는 오랫동안
강물이 흘러가는 것을 보았네
모래밭 둔덕에
세월처럼 서 있던 갈대는
소년의 손끝이 스칠 때
달콤한 아픔을 느꼈네

먼 곳까지 날아가는
구름의 꿈
밤하늘엔
그만 울 것 같은
별의 떨림
바람은 소년의 향기를 담고
강물엔 열여섯 살 얼굴이 흔들려

무심히 흘러가지 못하고
여울목을 돌고 도는
강낭콩 꽃 붉은 꽃

소년이 강가로 내려오면
가슴은 울먹울먹하여
강물은 어렵사리 흘러가지
한숨과 떨림으로
간신히 흘러가지

풀 노래

풀이 외로울 때는
밤하늘 아래

발밑에는
여전히 수액이 흐르고
거꾸로 자라는 벌레들은 아침까지 울겠지만
아무도 없는 것 같은 어둠

이 어두움 속에
흙에 누워 하늘을 보면
가만히 노래를 부르노라면
응어리진
대지의 수분은
땅속으로만 집을 짓지 않고
하늘의 별이 되어
먼 전설처럼
방랑으로 이끌다가
어느 틈엔가
마음속에 영롱한 이슬로도 맺히니
물방울은
풀의 영혼을

씻기고

별은
쉼 없는 은밀한 운행에로 손짓하여
우주의 시간을 보여 준다
그것은 거칠고 넓음
그것은 삶의 신비
그것은 끝없는 방랑
그것은 뿌리로 스미는 추위

풀이 외로울 때는
별이 멀고 먼 곳에 있어 아름답게 비칠 때
그때 잠시 바람이 불어
별 담긴 이슬방울이 흔들릴 때

여름밤

강둑엔 별빛
가슴으로 내려앉는다
사랑으로 부르고
부르지 못한
이름 이름들
가슴으로 내려온다

저 하늘에 바람이 있나 보다
은하수가 된 망초 대들은
안개처럼 휘어지며 흐르고
노란 별 바람 방향으로 누운
달맞이와 맞닿아 있고

우리들 가슴에도 바람이 있나 보다
풀잎이
소리 나는 작은 벌레가
하나씩의 사연이
사랑과 미움과
전설과 신화의 기호로
하늘로 올라간다
꿈이 된다

어두운 우주의

광활한 고독 속에

서로가 그렇게 멀고도 먼 곳에서

강둑에 내려와 앉는

별이 된다

창문 밖 구름

넘어 넘어
절 뒤 안골 마을로

산 넘어 들 때 구름 속에
계곡 들 때 안개 속에

용서받지 못한 날들
구름 걸린 산마루 뒤 곁
서성이다
고백의 뒤 곁처럼
물 부스러기 구름으로 찾아간다
너의 창가로

강물이 불어 망초 대 피었다

쓸쓸한 강가
창백해진 하얀 얼굴로 찾아온
이 작은 꽃
비 올 때 피었나 보다
이 수많은 소금 부스러기
저 홀로 피었나 보다
회색 바람 불어
아무도 오지 않는 사이에

아름답다
그리하였어도 아름답다

흘러감의 카타르시스

강이 크게 불었다
물살은 모든 것을 쓸어 갔다

찰랑이던 나뭇가지 뿌리째 뽑혀
두어 번 자맥질하다가
알 수 없는 심연으로 가라앉았다
누군가의 살가웠던 잡동사니들이
황토 물에 불어
빠르게 흘러가고 있었다
강이 내는 소리는
어지럽고
무서웠다
발밑에 물줄기 닿을 때
새처럼 가볍게 부서지는 물방울처럼 가볍게
힘껏 흘러가고 싶었다
가슴속 바닥까지 씻기고 싶었다

강둑을 서성일 뿐
여러 날을
나무와 흙더미와 유혹을
그 포효하는 속삭임을 흘려보내고도

물결에 놓을 수 없었던
여전히 남겨진 응어리에
어지럽고
무서웠다

변주곡

가을걷이 끝나 가는
산밭
꿩이
날고 난 뒤
조금씩 깔리는 음률

마른 햇살
마른 떡갈나무 잎
이슬이 내리면
더 희어질 망초 대
햇살에
살 비친 달맞이 대
느리고 낮은 음의 몽상

퇴색돼 가는 산엔
갈대 풀-꽃
휘어지는 갈색의 안단테
마른 고추나무에 매달린
빨간 아쉬움 두어 방울의 악센트만

모두 휘어지는 갈색

나무와 나무

잎과 잎

풀과 풀 사이에 번지는

가을이라는 변주곡

침잠함과 침잠함

외로움과 외로움

죽음과 죽음 사이에서 울리는

생이라는 변주곡

가을 변주곡

장조와 단조로 반복되는 브람스의 9월
반짝이는 초록빛 아래 누렇게 지고 있는 밑동
마른 풀대에 선물인 양 샐비어의 빨강
알 수 없는 스산한 바람에
마지막 하늘인 양 더 높이
할 말이 많아
목이 멘 말
장조로도 단조로도 다 못 한 브람스의 고백
빛과 어둠의 미로
9월

* Brahms, 〈Symphony No. 4 in E minor, Op. 98〉

만월

달이 올라
강물이 올라
조각조각 비늘 털고
채소밭과 덤불 등걸 별이 되어 반짝인다

강의 검은 숨소리가 넓고 깊어지면
산성 봉우리에
골짜기 오리나무와 상수리나무 가지마다에
시냇물 서늘한 휘돌 목에
발밑 박하잎과 어린 이슬까지
하나하나에 달이 떠오른다

달은 환하게 올라
지친 발걸음에게
기다림마저 흘러간 강 언덕으로 문득 살아 돌아온다고
세찬 바람에도 어쩌면 고요한 안식이 두둥실 떠오른다고
가만히 전하는 것이다

하동 벚꽃

사연 한 잎씩
조각조각 흩뿌려
여리여리 비행하여 대나무 숲에
풀빛 섬진강에
애잔한 낙화로 꽃 피우는
연하니 아스라한 봄 강

작지만 수많은 이야기 다 모여 환한
너의 하얀 이 속 같은 구름의 환희와 기쁨
꿈인가 봄을 감사하며
가녀리게 흩날려
풀빛 섬진강에
영원히 산산이 내리는 너

바람은 감춰진 이야기를 기억한다

네 가슴에
횃불을 달아 주고 싶었다
사내 웃음처럼 환한
보름달에 비친 박꽃 같은

여러 겹의 세월이 제각각의 길로 나뉠 때
다른 길로 가고 있음을 알았다
뻐꾸기 멈춰
숲에 적막 남았을 때
나도 어둠일 뿐이었다

너는 먼 길 걸어갔고
불씨도 없이 산굽이를 돌아갔다

서걱거리는 가슴일지라도 안아 볼걸
돌부리 같은 말이라도 가슴 귀퉁이에 내려놓을 것을
먼 곳에서 오는 바람이 머리카락을 만지면
용서하라 그저 쓸어 넘긴다

유적

　고마 나루에서 공산성 영은사 앞 나루터까지의 길. 그 길
은 장 뜨내기들에겐 익숙한 길이었을 것이고 먼 길 떠나는 사
람들이 가지가지로 엉글어졌던 길이었을 텐데. 그 길의 허리
를 자르고 난 큰길은 연기 한번 세차게 뿜으면 서울 가는 다
리로 쭉 연결되어 이젠 강으로 내려가지 않지. 금강 저 혼자
살게 된 거지. 애환은 백제시대 그 언저리 어디쯤에서 흐느적
거리고. 새로 들어선 고층 아파트가 떡 버티고 있으니 향교에
앉아도 하늘이 보이지 않고 군영의 굵은 기둥에 잇대어 지은
납작한 경북여인숙은 곰팡이 냄새로 차 있지. 옛길은 도시계
획 선에서 제외된 갓두리 사람들이 오가는 개똥 밟히는 길로
잊혀 가고 움푹 찌그러진 사이로 삐지고 나온 잡풀만 오랜 세
월을 살고 있지. 자동차와 패션과 콘크리트와 우리들의 망각
이 밀어낸 오래된 도시에서

8월 마지막 주였을 거야

물 마른 저수지 쓰르라미
물푸레 등걸에서 목 놓아
발 뿌리 드러나도록
푸른 쓰르 쓰르매
열정의 포옹인데
석연치 않은 순간
마주한 듯 돌아선 듯
열사의 정 노란 콩잎의 언어로
그녀 얼굴 갸웃하니
노란 쓰르 쓰르매

파스텔화

정안천 따라 내려가며
안경을 벗었다

발걸음이 허공에 뜬 듯
순간 불확실해진다
산은 나무는 흐릿한 형태로
풀은 오른쪽 왼쪽이 다른 크기의 프리즘으로 비껴간다
손으로 여러 번 뭉갠 파스텔화 속에

모호했던 아이의 꿈이 지나간다
가슴을 내밀고 부딪치던 아이가 뛰어간다
종일 걸어도 볼 수 없던
그래서 또 찾아 나서던
끝이 보이지 않던 날
걸은 만큼만 보이던
찾아 나선 길만 만나게 되던
신기하던
열여섯의 날처럼

명암만 다른 초록의 덩어리 속에 점점이 박힌 파스텔의 꽃들이
안개로 안개로 몰려가는

문득 멈춰 선
신기한 날이었다

호수의 달

물에 핀 음력 열나흘의 달
빈 좌대 기댄 수련은
오랜 사랑 물안개 배 저어 애절히 돌아오는
물결의 심연
등불로 걸었다
작은 수초의 잎마다 늘 그리던 등불을 켰다

거짓말

저수지 돌아 포도밭
아직 거기 있는가

풍각쟁이 날라리 가락
깊은 가슴 긁어내는 울음소리로 바람 부니
잊혔다 아니 했나

저수지 물길 따라 포도밭 길
손끝 스치는 풀잎 향 꿈이었다 하더니
아직 거기 있는가

숲에 저녁이 오다

저녁 오면 수원 골로 뻗은 숲은 골이 더 깊어진다
어스름에 나무는 더 웅장한 초록을 보이다가
아카시아꽃 무더기 어두움과 점점이 하얀 인사를 나눈다

저 숲은 오래도록 있었다
긴 겨울 눈을 껴안고 어쩌지 못하더니
올봄 햇쑥해진 얼굴로 배시시 웃어
그만 눈물 글썽이게 했다
가을엔 도토리 떨어지는 소리에 숲은 더욱 적막해지고
인생은 슬펐다

나는 4층 건물에서 큰 창으로 숲을 내려다본다
숲은 내가 작은 한숨으로 커피 타는 것을 들여다본다
우리는 눈이 마주치기도 하는데
너에게 동화가 있느냐고 묻곤 한다

나는 잊은 게 아니라 아름다운 동화는 없다고 한다
숲속 향긋한 작은 박하잎에도 동화는 이미 없다고 말한다
유년의 이슬방울에 함께 매달렸던 이야기는 길을 잃었고
숲은 사막이라고
사막에 뜨는 별은 차가워서 사랑할 수 없다고

오월의 저녁은 작은 불꽃과 새들의 소리를
울컥하는 슬픔으로 되돌려 줄 뿐
마지막 동화가 있냐고 되물었다

제3부 염전

영산포구

언덕 위 언덕으로 붙은 집들 다 영산강을 보고 있다
햇빛 등에 업고 빤짝이며 올라오는 뱃머리
아낙은 빠르게 포구로 내달려
팔뚝 걷어붙이고
상한 것도 때깔 나게 해 주리라 마음 다잡아
강바람 세찬 날
언덕 얽힌 한 뼘씩 마당에
홍어 삭히는 항아리

간신히 묵힌 마음
영산강을 내려다본다

삼길포구

바닷가 물 들어올 때
절벽 바위틈 진달래
분홍 물 번지게 떨구어도
그물 깁는 남자

마른 가지에 연녹색 물
먼 산 걸어와 둔덕으로 싱싱하게 번져도
굴 껍데기 깔고 앉아 그물 깁는 남자의 어깨

아이 낳으니
죽을까 두려워
바다 나갈 때마다 살려 주시오
옷깃 여미고
이제 어린 자식 다 컸으니
무어 걱정이랴 싶어도
그물을 털어도
훌훌 털리지 않는
매달리는 버거움

남자도 근심 없던 날들 있었지
햇빛 아래 까르륵 부서지던 모래사장

바람 막던 어머니 포근한 치마폭 붉은 꽃잎으로 떨구며
그랬지

검게 탄 손등 쓸어 봐도
염려가 파도로 앞서거니 뒤서거니
어머니 고단했던 한숨의 기억이 불현듯 밀물로 썰물로
꽃잎 붉게
꽃잎 붉게
바닥에 앉아 그물 깁는 남자

신안의 봄꽃

봄이라 했는데 바람 거칠다
태양은 벌써 뜨거워
물기를 하늘로 다 살라 올리고
염전이 되었다
푸른 하늘 비추더니
바라보다 바라보다 하얀 알갱이로 묶였다

갈 수도 없고 머물 수도 없는 갯벌
화도 작은 섬 가는 길 다지느라
한겨울 보냈다
파도 몰아칠 때마다 파도 간신히 빠져나갈 때마다
살아나는 갯벌
봄바람 분다
쩍쩍 갈라진 논바닥처럼 소금밭 머물던 바람
파밭과 보리밭 거쳐
옷을 벗었나
꽃 피운다

백일 된 아가 하얀 얼굴 업은 할미의 고목 등껍질 벚꽃

스무 살로 피어 삼십 살로 지는 목련의 봄날
큰 송이로 함박 피어 붉은 여인
꽃잎 끝 붉게 타들어 가고 있지만
더할 나위 없는 화려함에 봄을 흐트러뜨리는 사십 즈음 동백
황토 언덕 위 그 여인들
갯벌을 바라보다 바라보다 꽃으로 피운다

여전히 바람이 오는 곳
견디어 선 바위도 없이
태양 아래 갯벌뿐

완도 곡선으로 눕다

한 점 검은 구름 구계등 긴 해변 덮더니
세찬 바람
하찮은 것이 목숨이라 한다

뚝 뚝 떨어져 나간
자그마하고 짧은 기도문 돌섬은 파도를 견디며
귀한 것이 목숨이라 한다

매달린 미역 줄기
상처 말려 딱지 저절로 떨어지는 햇볕 아래
건조되고
깃발 얇아 찢어지며 안쓰러워도
털어 낸다
바람 불 때마다

후회와 애환으로 갈가리 쪼개 놓은 모래에
분노 그저 스쳐 가기를 간절한 기도문 나를 묻고
눕는다 부드럽게

고독한 섬들이 많아
완도쯤에 이르러서는 산도 순하다 곡선으로

길 잠긴 웅도

상처가 쉽사리 낫나
파도가 잔잔히 부딪쳐 오고
갯벌의 핏줄까지 드러나게 물 나가고

갯벌 일구느라 나른 나른해진 메리야스 등에 걸친 남자가
아내를 불쌍히 여기는
정겨운 오두막집에 다다라
닻을 내리고 호롱불 켜면

벚꽃이 사그라드는 봄의 끝
노란 꽃 피어 초록 외롭지 않으리
따개비 햇볕에 말려 좋으리
장다리도 꽃이 되어 아름다우리

물 들어와 길 막혀도
안개 속 환히 도드라지게 삐걱대던 남자의 어깨
심장 쾅쾅거리는 입맞춤 같은
더 불쌍한 복사꽃을 보았네

소금꽃 노랗게 증도

몽글몽글 노란 웃음
눈이 부셔
얕은 담인데 쌓을 벽돌 없어
무덤 빙 둘러 연산홍 철쭉으로 마음 지키며
함초 붉게 견뎌 아버지의 염전
짱뚱어 구멍마다 밀대 미는 아버지
해장국집 문턱에다 넘기고 돌아서던
진흙의 노을
길 따라
유채꽃 한들한들

어린아이 발걸음으로 걷는 노란 봄
웃음이 나
지도시장 생선 가게 젊은 아낙
병어를 권하는데 괜스레 애처롭고
고흐가 그린 십자가 뒤 환하니 노란 들판 끝쯤
돌담을 넘는 아버지
등에 업힌 내 울음소리 같은
꽹이갈매기

하늘 말갛게
유채꽃 한들한들

믿음

신안 임자도 전장포
세상 끝자락 가로등 아래 서 있다

부인 사별하고 환갑 넘어 귀향 온 늙은이
저녁 안개 물결에
뱃사람 되어 노 저어 온다
갯벌이 길지 건너 땅은 가까워
눈 가늘게 뜨고
고기 낚는 그물에 날마다 홍매화 엮어
돌아갈 집 마당에 꽃을 떨구며

차가운 물결에 피어올라
외딴 가로등 안개에 섬섬히 묻히는 저녁
돌아갈 집 어딜까
세상 끝자락 즈음에

속초

향긋한 초록 오월인데
하얀 눈발 휘날려 내려가는 설악이 보인다
굳게 솟아 바람의 배반과 악수하는 갈라져 가는 바위가 보인다

새 노랫소리는 좋은 계절이라는데
목숨 붙어 있어 좋은 인생인데

푸른 바닷가 명태잡이 하는 남자
오래된 배에 그물 싣고
파도의 높이 가늠하려
오히려 설악 쪽 하늘 바람 소리를 듣는다

쪼르르 앉은 갈매기

파도가 하얗게 밀려왔다
울진 깊은 바다 고래가 사납게 울어
언덕 위 옹기종기 붙은 집들 문을 닫고
숨죽이고
소리 파도 소리 무섭게 지키는 밤
갈매기 담 밑 웅크리고
바람의 바람
물보라 치며
마을은 소금으로 절여졌다

이틀이 지나 아침이 왔다
깎이고 견디어
선명히 살아난 바위
갈매기 소금기 묻은 진득한 날개 펄럭이고
오징어 말리듯
사람들 얼굴 소금에 바람에 말려 주름진 채
고래 다녀간 날
볕에 앉아 안부를 묻는다

응축

응어리지니 줄어들어요
말랐다 하네요
소금별
거룩히 반짝
둥그런 코발트 하늘은
별이 천천히 운행하는 태초로 가네요

한 번만 더 보고 싶다
응어리지면
둥그런 코발트 하늘 물고기 별로 빛나
천천히 헤엄쳐 수초 흔들리는 태초로 가네요

진도아리랑

햇볕 따뜻한 곳
해초가 초록으로 자라고 굴도 편안한 잠을 자는
남도이어라
물결 철썩일 때이어라

언덕마다 넘실대는 유채꽃
파밭에 주저앉은 여인
먼 산이 무심하나
낙태시킨 아기가 여전히 살아 있어
봄밤이 짧아져 가니 다행이다 싶지

새들 갯벌을 찍어
먹이 찾느라 목이 길으니
아리 아리랑

잊어야지 했던 마음도
바람에 날려 와 길가에 흐드러진 꽃
아가 손가락 같은 여린 노랑 길 따라 흩날리고
햇볕 아래 아가 꽃은
창자를 긁는 탁한 노래이어라
둥그런 파꽃 검은 씨를 품고 잎이 죽어 가도록

여인은 아리 아리

낙태시킨 아가를 심지도 파내지도 않았건만
봄꽃 필 때
여인은 가슴에 흙이 묻어 있네
먼 산에 아 아라리요 아라리요

* 팽목항에서.

후회

소나무 구부러진
빈집
푹 꺼진 온돌방
두런두런 가족의 얼굴
여전히 등 넓은 아버지 그림자 얼비치는 백열등
어깨동무 줄 지은 돌담 사이
보라 꽃 작은 손 흔들던
내일 만나자

동해에는 매실나무 하얀 꽃이 흔들리고 있다고
죽변항 생선 말리는 간간한 바람에
굵은 손마디 얼굴 주름 함께 걸린 빨랫줄에
괭이갈매기
아버지 등 뒤에서 떼 부리며 울던 아이 되어
파도 소리 너울지게
쓰디쓴 노래의 마침표 같은
계절의 인사
내일 만나자

우포늪

앞서 걷다 그대 뒤따르다
덤불 아래 다정히 모인 새
잠수교 찰랑이는 물길 친구 되어 재잘대며
징검다리 빠른 물살에 흰나비 깔깔 웃어
호수를 사랑했지요
제방은 시원해요
굵은 뽕나무 전설은 누에 치는 아낙의 하얀 앞치마
검붉은 오디 고단한 여인의 새콤달콤한 노랫가락
숲길 의자에 앉은 솔 향
오솔길은
작은 자운영으로 누워 하늘을 보네요
잠시 오동나무 꽃향기에 멈추다가도
찔레꽃 향기 산가 물가 달콤해 언제까지고 걷는
혹시 제가 향긋한가요
이태리 포플러 물에 잠겨 하늘거리는
갈대 초록으로 피어나는 오월
엉겅퀴꽃 그대
천천히 걸어요 오월을

여름빛 유랑

한여름에도 새싹 돋는 하동
꽁지에 하얀 줄 단 쌍계사 산비둘기
능소화 덩굴손 여릿여릿 내려오는 붉은 길 걸어
꽃잎 사라락 날리던가—
돌담 몽글한 돌멩이들 사연 하나씩
쌓이고 쌓이더니 틈새
풀꽃 삐죽하니 여린 손
흔들어

(—버린 줄 알았던 꿈이)

섬진강 빵집 노오란 촛불 아래
통밀 찧는 향기
칡넝쿨 오른 큰 나무 그늘
참깨꽃 하얗게 어우르는 향기로 더하니
옛 인형들 선반에 가지런히
석양이 빛을 주어
백조의 긴 날갯짓 떨구어진 구름
은색으로 반짝일 때
붉은 칸나 바다를 향해 서 있다
또 기다린다고

(뿌우연한 버린 줄 알았던 꿈이—)

빛 담 언덕 기댄 망연한 바다
무한이던가
노래이던가
파란 여름 바다 어슴푸레 햇안개
꿈이 온다
출렁거리는 물결 멀리 나가 하늘로
사르어 오르다 철썩 일어 파동
옥색 명암의 물결 소리
피리 소리—
눈부셔 마주할 수 없는 눈부심
수증기 안개 은방울로 뿌연 꿈 솟아 온다
바다 끝

(기다림, 기다림, 희망의 꿈이—)

남해 산마루 굳건한 바위의 신념
쭉 뻗은 산줄기 긴 약속
바다 끝 이르러 구름을 동경하는
여름의 바람

작은 창 흔들어

창문마다 반짝이는 불빛으로 깊어진 밤바다

뒷산 뻐꾸기 뻐꾸욱—

밤 오기 전 하얀 하늘에 검은 구름

긴 잔영

고성 바다

맑아 네 눈 같아
푸른 네 맘 같아
이야기는 모래성에 별빛으로 스며
어깨에 기대어
붉은 해 떠오르는
따뜻한 내 잠 같아

남해

배 한 척 없어
다랑이 논배미가 위로야
어깨에 걸린 적막만 한
돌멩이 바치어
논을 만들었어

배 없어 선착장도 없는데
바닷가로 자그마한 집들
주워 온 생선 한가운데 놓은 저녁 밥상
부산스러운 웃음과 등불
기억나니
아버지 어깨처럼 든든한
가파른 언덕 한 줌씩 거두는 쌀

하얀 구름 하얀 바다
밀려가는 배
비탈에 서서 손 흔드는 초록 풀
아버지 숨소리처럼
다랑 다랑 논배미 비탈
따뜻한 곳이야

거제

왕조산 바닷길 돌아
아이들 재잘거리는 물소리 철썩대는
아래 해변
은방마을 옛터란다
섬 같은 육지 같은 점 점
다정한 물결 어깨동무에
큰 섬 산달도에도 몰려 뛰어가던 아이들 웃음소리
저구항에서 바라보는 장사도 동백은 멀리 향기로와라
네 맘 같은 내 맘 같은 점 점
뱃고동 울리면 함께 설레라

동화

함께 있을 곳 보아 두었소
남해 이르기 전 가야산 기슭으로
염려 버리고 오시오
볕 좋은 기슭에
웅크리고 상상으로 잠들던 날을 버리고
나는 기다리오

소나무 늘어선 구불구불한 길
의심 말고 올라
산꼭대기쯤
갑자기 펼쳐지는 백운동 마을
따뜻이 넓은 밭 그대 안심하시오
토실한 곡식
언 손 잡아 줄 무청

기다리오
하늘 맞닿아 포근한 설화 마을에
행복합시다
밥 짓고 벌통을 놓읍시다
꽃 심었으니

자두나무도 한 그루 심었으니

기다리겠소

제4부 낮달이 떠올라

한 달살이

한번 살아 봤으면
늙은 감나무 달 아래 감 떨구는 소리
비 내려 튕겨 번지는 소리
창호지에 넘실대는 대나무 그림자
돌아누워도
네가 없는
차가운 산 공기

그래서 한 번은 만났었노라고

한번 살아 봤으면
싸리나무 기둥의 이야기와
처마 밑 하늘 이야기
대청마루에 서늘히 누운 바람
쪽문을 바라보아도
네가 없는
먼 산의 적막함

그래서 한 번은 오래 만났었노라고

길

길 있으려니
말했건만
멈추어 선 발
꽃인 줄도 모르고 흐르는 세월
길은 어디냐고 묻는다

20대의 가파른 언덕길
안개 내려
다시 멈추어 선
파란 꽃은 겹겹이 아름다운 꽃인 줄도 모른다

오늘 길가에 선 앳된 봉오리
아이를 바라볼 뿐
어머니가 뒤쫓아 오며 울었듯이
언저리 어디쯤에 서성일 뿐
그때도 그렇게 꽃이 졌지

풀씨 다 날려 버린 마른 풀대는
바람이 오래 불었어도
다시 흔들릴 뿐
어디로 가야 할지 말할 수 없다

길 있으려니

그리 믿었건만

꽃이 진다

다시 피는 꽃

잔인한 것은 세월
기억이 너를 점령하지 못하게
꽃씨를 심어
아침마다
새롭게 피는 나팔꽃이
쪽빛으로 남색으로 탄식처럼 아름다우리니
세월이 흘러 다시 피어나게 하라

지나가는 것은 바람
가슴에 매달린
들꽃 하나
언덕 넘어 따라올 때
나무 아래 기다리는 약속의 아침 이르러
차 끓이는 창가 웃음소리 꽃같이 걸리리니
훌훌 날아가는 바람에 놓아
그저 흩어지도록 하라

아베마리아

마리아
신의 어머니
연약한 아들에게 밥을 먹이고
마침내 죽은 아들을 끌어안고 절규하던
가슴 아픈 순종의 마리아
기도 들어주소서

그저 인간인 아들 끌어안은 그저 인간인 세상의 어머니
아들의 흔들림에
더 깊이 밟히고 찢어져도
순종의 눈물이 봄비로 내리고 내리어
새싹 움트는

어둑하고 막막할 때
아들은 기도하지 못했다
단지 어둠을 향해 엄마하고 불렀다

가난

큰 도시에만 맨홀이 있는 것은 아니다
작고 한가한 이 도시에도
예기치 못한 함정이 있다
어제는 부질없는 꿈이 있었고
오늘은 선이자 떼어 막아야 할 또 다른 구멍
내일은 몸부림이 남아 있길 소원

벼를 태우며 쩍 갈라진 논바닥에
간혹 떨어지는 빗방울은
환상일까 신기루일까
금방 물을 마실 것만 같은데
태양의 뜨거움
인생의 모질음

낯모르게 바삐 지나치는 도시에만 끝없이
떨어지는 맨홀이 있는 것은 아니다
원망같이 겹겹이 둘러선 산들
그 안에 고이는 둠벙
물려받은 운명을 뚫고 나가지 못하는
팔다리를 점점 죄어 오는
늪이 있는 것이다

쌀

너는 쌀이 떨어졌겠지
나는 내일은 하늘에서 쌀이 떨어질 것처럼 큰 소리로 웃는다

지금쯤 모퉁이에 기대 푹 꺼져 들고 있을 거라
들뜬 톤으로 전화한다. 들으라고 웃는다

오늘도 빈손으로 검은 골목을 돌고 있겠지
꽃다발 이모티콘을 또 보낸다. 웃는 얼굴도

허수아비가 휘적이듯
쫓지도 못하는 새의 부리를 막기 위해

쌀의 행복을 외면한 채 어처구니없이
하늘로 자라는 싹을 그리며
실뿌리로도 어찌어찌 살아날 싹을 그리며

웃으며 과장되게 웃으며
그래도 나는 허수아비인 채 너의 들판에 있어야 한다

마중

뱀사골 소나무 쭉 키 커
진달래도 키 크게 붉어
새순 올 듯 올 듯 푸르니
구불구불 뱀 같은 마음
이리저리 달래며 엎으며 고개를 오르더라

노고단 푸른 바람에 빗소리 그치니
가지 가지 끝에 매달린
정령들이 진달래 들고 서 있더라
산안개에 얼굴 붉게 씻고 기다리더라

소망한다

간신히 밀어 올렸으나 바닥으로 굴러떨어지고 만
청춘님
늙음님
그대는 시시포스의 끝없는 반복의 시간이 아니다

아직 오지 않은 나라
이미 살고 있는 나라이기를 소망한다
오늘을 말하지 않기로 했다
콧물까지 섞어 꿀꺽 삼키는 목울대의 울림이
눈가까지 울려
미소로 남기를 소망한다
여전히 뜨는 달처럼 여전한 미소로

길에 핀 꽃이지만
아름다움으로
간직해
설렘으로 그대에게 보내고 싶다

오늘도 돌을 밀며 오르는 팔뚝과 뒷다리와 땀 고인 눈에
후드득 흩어지고 만 그 나라에
아직이지만
소망한다
이미 살고 있기를

고향

보름달은 기억 조각조각에 환히 떠오르고
나무에게 돌아왔다
나이만큼 점점 커진 고요함과
달빛은 맑아
상념이 유리알처럼 사라졌다

큰 나무는 교문 옆에서
아이의 늦은 교실을 지켰고
어머니 곤한 잠을 자는
마당에도
크고 큰 나무가 검게 서 있었다

고요했지만
새는 가만히 보고 있었을
어둠에도 자라던 꿈
떡갈나무 잎으로 연두색 수를 놓고 뜀박질 같은 향기를 내뿜는
선선한 어두움
막연한 두려움을 내다보던 어린 시절

어둠보다 높은 나무

이곳이 아이가 내달리던

다시 묻는다
새벽마다 살아나
희망의 손을 흔들며 부르던 그곳이
마침내 오늘 이곳인가 하고

카페 소묘

커피야 사랑해
한 모금 마시면
시간은 가만히
숲속인 양 논 개울 소리인 양 한가하네요
가만히

외로움아 사랑해
시간을 나는 파란색 나비
꽃을 보다 바람을 보다
옷깃 여민 채 책을 읽어요
햇빛에 손 비비며 멈춘 구절에 줄 긋네요
간직하려고

친구야 사랑해
소곤소곤 네가 좋아
계곡 풀잎과 큰 산 구름 이야기
석양 걸어와 등불 걸면
시간은 사라지고 웃음소리만 남네요
소곤소곤

오래도록

입춘 싸한 바람 오고야 솔방울 떨구는
옅은 연둣빛 가지에 비추어야 낙엽 떨구는
아버지 핼쑥해진 내 얼굴 가만히 바라보는 이유이다

흙내 나는 비 종일
동백 후드득
떨어져 내린 꽃 잔해
봄 푸릇 새 날듯 시절 꿈꾸어야
비로소 낙엽 놓는 이유이다

산새 먼 울음
살아날 때까지 붙들던 뿌리
가지 물올라 휘어질 때
농부가 밭 한가운데 무덤을 만들듯
한곳에 앉은 아버지를 그리워하는 이유이다

피아골 봄날

하루 사이에 피어 이삼일에 떠나니
열일곱 살 이야기
환하니 져 버린 이념 같은
여린 분홍 손톱

산에 들던 발걸음
산을 내리던 발걸음 소리
세월이 흘린 피 기억하는 빨간 철쭉
외면해도 다 받고 만 뚫린 가슴에
덧없이 내리는 벚꽃

대숲에 휘파람
낮은 음조로 깔리는 그들의 소리
계곡물 따라 산 이야기 맺혀 가며 흐르더라

지리산

퇴근길 버스 유리창에 비친 광화문 빌딩 서늘한 산줄기
검고 크고
힘센 오늘의 등줄기

땅속을 달리는 전철 우리는 선방에 마주 앉은 도반되어
묵언으로 하루를 뒤척이며
오리나무와 소나무가 늘씬한 숲길을 달려
쏟아져 내린다

꽃을 들고 책을 들고 반찬거리를 들고
검은 산줄기 오늘의 열매를 들고
흩어져 간다

상상나라 마른 목소리에서 나왔다

남편 사별하고 쌍둥이 딸 둔

키 크고 늘 피곤한 선생님

새마을 청소 날

이른 아침 월세방 창문에 큰 소리로 깨우러 가기도 했지만

데굴데굴 강아지

날마다 동화책 읽어 주던 갈라진 목소리

집 오는 길 내내 낭랑히 재미지던

상상나라 초등 3학년

종업식 날 놓고 가신 공책 연필 그리고 필통

연두색 플라스틱

그 연둣빛 날마다 싹 트더니

검은 구름에도 선명한 풀 향기

위로의 인사로

세상을 칠하고 싶은 연두

단벌옷의 핏기 없는 얼굴 마른 목소리에서 나왔다

겨울 선물

종지기 총각
성가대 아리따운 아가씨 사랑했네
교회가 들썩이도록 정성 다했건만
가난한 그는 하염없이 울었다 하네
한 계절 두 계절 넘어
핼쑥한 크리스마스이브
그는 어렵사리 아이들에게 선물을 나누었네
꽃 자물쇠 달린 일기장
빨간 털장갑
스카프
시집
미처 못 보낸
그러고도 더 보내고픈 비밀이었을까
외로운 창가 종소리

철없이 빨간 털장갑 낀 아이
추운 12월 크리스마스이브
따뜻한 눈이 소복이 내렸지

과수원 길

아카시아와 붉은 찔레를 넘어온 바람
검은 나무 뒤에서 들리는 여성의 넓고 깊은 멜로디
초록 오월
햇볕이 맑게 부서지는 과수원 울타리 위
자두보다 작은 새 가슴 털을 콩콩거릴 때

자유롭지만
스스로 순종한 성자의 발자국에 제 발을 대 보며
소년은
향긋한 매혹에 취해
외딴길에서 노래를 부른다

순백 아카시아와 빨간 찔레까지 흔들어 놓고야 만
자유롭지만
그러할 수밖에 없는 아름다운 리듬으로

들길 건너

떠 있는 구름에게
경이로운 것은 너

나직이 감미로운 노랫가락에게
늪 길의 친구는 너라고

가을볕에 살랑이는 노란 볏단에게 말했다
조마조마했던 계절의 편지는 너라고

그리고 집으로 돌아와
등불을 켰다
조용한 저녁 감사 기도는 들꽃을 건넬 너라고

자연의 동무들을 호명하는 동심의 꿈

고진하(시인)

전에 나는 꽃의 언어로 이야기했었고
애벌레들이 말하는 걸 이해할 수 있었다.
찌르레기의 중얼거림을 알아들을 수 있었고
파리에게 잠자리에 대해 물어보기도 했었다.
…(중략)…
그런데 그 모든 것이 어떻게 된 걸까.
나는 통 그것들을 말할 수 없으니,

―쉘 실버스타인, 「사라져 버린 언어」 부분

『아낌없이 주는 나무』로 유명한 시인 쉘 실버스타인의 이
시는 꽃과 애벌레, 찌르레기나 잠자리의 순결한 언어를 알아
듣지 못하게 된 소통의 좌절과 안타까움을 노래한다. 아마도

시인에겐 그런 언어를 잘 알아듣고 이해할 수 있던 동심이 살아 있던 시절이 있었으리라. 하지만 사물에 대한 호기심과 경이와 모험심으로 콩콩 가슴이 뛰던 어린 시절의 그런 경험이 오래 지속될 수는 없다.

비록 꽃의 언어, 새의 언어, 바람의 언어, 나무의 언어를 다 알아듣지 못하더라도, 시인은 꽃과 새와 바람과 나무 같은 대자연의 신비와 그 경이의 세계를 넘나들고 싶은 갈망을 포기할 수는 없을 것이다. 모름지기 깨어 있는 시인이라면 눈에 보이는 걸 넘어서 눈에 보이지 않는 존재의 신비까지 혼신을 기울여 보듬어 안고 가려 하지 않겠는가.

첫 시집을 내는 곽은주는 자기가 만나는 시적 대상으로, 특히 식물과의 교감과 소통을 중요하게 여기는 것 같다. 마치 식물이 없으면 자기의 삶이 반쪽밖에 안 된다는 듯이! 사실이 그렇다. 식물은 지구 별 위에 사는 동물과 인간의 모태가 아니던가. 먼저 시집 두 번째에 수록된 시 한 편을 읽어 보자.

나무는 보고 있었다
긴 외투 자락을 끌며 걷는 나를
저도 잎을 다 떨구고
빈 몸으로 서서
고개를 들지 못하는 나를

나무는 말하고 있었다
십자가를 바라보며

사제가 입당할 때
울리는 음악처럼
고요한 촛불처럼
사제의 모아진 손에 깃든
경건과 고통처럼

—「약수터」 부분

이 시를 보면 시인은 나무와의 사귐을 즐기는 듯싶다. 나무가 "긴 외투 자락을 끌며 걷는 나"를 보고 있으며, 또 나무가 자기에게 "말하고 있었다"고 귀띔한다. 나무가 시인을 보고 있고 시인에게 말을 하고 있다니! 그다음 구절을 보면 나무의 말은 더욱 구체적이다. "십자가를 바라보며/ 사제가 입당할 때/ 울리는 음악처럼/ 고요한 촛불처럼/ 사제의 모아진 손에 깃든/ 경건과 고통처럼" 나무의 말은 아주 생생하다. 여기서 나무의 말은 시인의 내면을 비춰 주는 거울처럼 느껴진다. 최근에 식물학자들은 과학적 탐구를 통해 식물도 오감五感을 지니고 있다고 하는데, 시인은 직관을 통해 입 없는 나무의 말을 들었으리라. 이처럼 나무의 말을 일말의 의심도 없이 받아들이는 순수한 경청은 시인에게 밝고 맑은 기운을 선사한다. 「숲에 저녁이 오다」라는 시에서 우리는 그것을 확인할 수 있다.

나는 4층 건물에서 큰 창으로 숲을 내려다본다
숲은 내가 작은 한숨으로 커피 타는 것을 들여다본다

우리는 눈이 마주치기도 하는데
너에게 동화가 있느냐고 묻곤 한다

나는 잊은 게 아니라 아름다운 동화는 없다고 한다
숲속 향긋한 작은 박하잎에도 동화는 이미 없다고 말한다
유년의 이슬방울에 함께 매달렸던 이야기는 길을 잃었고
　　　　　　　　　　　　　　　　　　—「숲에 저녁이 오다」 부분

　이 시에서, 시인은 숲과 눈을 마주치며 이야기를 주고받는
다. 숲속에서 혼자 노는 아이가 자연의 동무들과 으밀아밀 얘
기를 주고받듯이! 그런데 주고받는 얘기의 내용이 '동화'라는
것이 흥미롭다. 숲이 시인에게 묻는다. "너에게 동화가 있느
냐"고. 동화가 무엇이던가? 어린이를 위하여 동심童心을 바
탕으로 지은 이야기가 아닌가. 모름지기 동화가 있으려면 동
심이 살아 있어야 한다. 이탁오란 중국 철학자의 말을 빌리
면, "동심이라는 것은 거짓을 끊어 낸 순전하고 참된 것으로
처음 한결같은 생각의 본심이다. 만약 동심을 잃거나 버린
다면 곧 진심을 잃거나 버리는 것이고 진심을 잃거나 버리는
것이라면 곧 참 인간(眞人)을 잃거나 버리는 것이다"(『분서』).
　시인은 자기 스스로 동심을 잃거나 스스로 버린 것이라 생
각했을까. 자기에게는 더 이상 "아름다운 동화"는 없다고 대
꾸하고 있으니 말이다. "숲속 향긋한 작은 박하잎에도 동화
는 이미 없다고 말한다/ 유년의 이슬방울에 함께 매달렸던 이
야기는 길을 잃었"다고. 시인의 대답이 얼마나 솔직한가. 이

미 동심을 잃고 유년의 이슬방울에 매달렸던 이야기가 길을 잃었는데도 동화가 있는 척하는 건 '참 인간'의 길에서 더 멀어질 뿐임을 알고 있는 것이다. 하지만 시인이 동화의 꿈, 진인의 꿈을 완전히 버린 건 아니다.

> 먼 곳까지 날아가는
> 구름의 꿈
> 밤하늘엔
> 그만 울 것 같은
> 별의 떨림
> 바람은 소년의 향기를 담고
> 강물엔 열여섯 살 얼굴이 흔들려
> 무심히 흘러가지 못하고
> 여울목을 돌고 도는
> 강낭콩 꽃 붉은 꽃
>
> ―「소년과 갈대」 부분

시인은 금강가에서 만난 한 소년을 통해 아직 멀기만 한 진인의 꿈을, 구름과 별과 바람의 향기를 통해, 무심히 흘러가지 못하고 여울목을 돌고 도는 강낭콩 꽃 붉은 꽃을 통해 살려 내려는 열망을 드러내고 있다. 그러니까 시적 자아는 자기 내면에 살아 있는 "소년의 향기", 동심을 그리워하고 있는 것이 아닐까. 더 나아가 인생길에서 '내'가 만나는 '너' 때문에 가슴 쓰리는 일도 많지만, 시적 화자는 "너를 놓아주기로 하였다/ 그래서/ 나를 놓아주기로 하였다"(「이율배반」)는 결심을 토로한다.

> 등을 돌리고 걸으면
>
> 마음이 사라지고
>
> 산이 되고
>
> 물이 되고
>
> 너는 흘러가는 물로 살고
>
> 나는 보내는 산으로 살고
>
> —「이율배반」 부분

하지만 "너는 흘러가는 물로 살고/ 나는 보내는 산으로 살고"란 표현에서처럼 이렇게 사는 건 결코 쉽게 도달할 수 있는 경지가 아니다. 다만 이런 자각은 인간 그 누구도 닿기 어려운 어떤 경지를 터득한 데서 나온 표현이라기보다는 대자연을 자기 삶의 지표로 삼으며 살겠다는 다짐이 아닐까. 시인은 자기가 살아 내야 할 삶의 도처에 견디거나 극복해야 할 장애가 있음을 잘 알기 때문이다. "큰 도시에만 맨홀이 있는 것은 아니다/ 작고 한가한 이 도시에도/ 예기치 못한 함정이 있다"(「가난」). 시인이 인생길 위에서 맞닥뜨리게 되는 그 함정은 "막아야 할 또 다른 구멍"이거나 "물려받은 운명을 뚫고 나가지 못하는/ 팔다리를 점점 죄어 오는/ 늪"으로도 표현된다. 그러나 인간이 겪는 생의 장애는 극복될 수 없는 경우가 훨씬 더 많다. 극복될 수 없다면 장애를 벗 삼고 살아 내야 하지 않을까.

강둑엔 별빛
가슴으로 내려앉는다
사랑으로 부르고
부르지 못한
이름 이름들
가슴으로 내려온다

저 하늘에 바람이 있나 보다
은하수가 된 망초 대들은
안개처럼 휘어지며 흐르고
노란 별 바람 방향으로 누운
달맞이와 맞닿아 있고

우리들 가슴에도 바람이 있나 보다
풀잎이
소리 나는 작은 벌레가
하나씩의 사연이
사랑과 미움과
전설과 신화의 기호로
하늘로 올라간다
꿈이 된다

어두운 우주의

광활한 고독 속에

서로가 그렇게 멀고도 먼 곳에서

강둑에 내려와 앉는

별이 된다

―「여름밤」 전문

　시인은 자기 생의 장애 앞에서 자연의 동무들을 호명한다. 별빛과 바람과 풀잎들을. 자기 가슴에 내려앉는 강둑의 별빛을. "사랑으로 부르고/ 부르지 못한/ 이름 이름들"까지. 또 자기 가슴에 있는 바람과 풀잎과 벌레가 꿈틀거리고 있음을 자각하는데, 그것들은 "하나씩의 사연"을 안고 있는데, 그 사연은 "사랑과 미움과/ 전설과 신화의 기호로/ 하늘로 올라"가 "꿈이 된다". 시인의 이런 꿈은 자연의 동무들을 호명한 덕분이다. 자연의 동무들이 시인의 꿈을 되살려 준 것이다. "어두운 우주의/ 광활한 고독"을 피할 수는 없지만, 시인은 한여름밤 "강둑에 내려와 앉는/ 별"과 마주할 수는 있다.

억새밭 거쳐 멈추어 선 어떤 사상의 등불 아래

엉겅퀴 가시 찔리며

별 따라 걸어

당신은 햇빛이 되었습니다

풍족한 가슴과 망개나무 열매 빨간 입술

떡갈잎 우수수 내리는 눈매가 되었습니다

―「여인」 부분

119

우리의 생은 "어떤 사상의 등불" 아래서도 "엉겅퀴 가시 찔리며" 걸어갈 수밖에 없다. 엉겅퀴 가시에는 독이 있어 찔리면 매우 고통스럽다. 이처럼 가시에 찔려 고통스러운 상처를 피할 수 없지만, "별 따라 걸어"가는 여인은 "햇빛이 되었"다고 한다. 더 나아가 "풍족한 가슴과 망개나무 열매 빨간 입술/ 떡갈잎 우수수 내리는 눈매가 되었"다고. 이런 존재의 풍요는 어두운 밤에도 하늘을 우러러 '별'을 마주한 덕분이다. 물론 많은 시인들이 별을 주목하지만, 곽은주에게도 "별은/ 쉼 없는 은밀한 운행에로 손짓하여/ 우주의 시간을 보여"(「풀노래」) 주는 대상이다.

시인은 겨울날 바느질을 하면서도 자연의 동무들에 기대어 자기 생을 수선한다.

겨울 접어들며 시작한 바느질은 눈 녹을 때까지 계속되었다
저릿했던 편지들은 사소한 조각으로
이런저런 것이 꿰매지고 잘려 나가고 했다
네가 올 리 없다 생각했지만
장롱 속 배냇저고리인 양
가끔 꺼내어
함박눈에 덧대어 오랫동안 꿰매기도 했다

—「겨울 바느질」 전문

바느질은 새 옷을 만드는 것이기도 하지만, 이 시의 바느질은 수선을 위한 것처럼 보인다. 시의 마지막 구절 "함박눈

에 덧대어 오랫동안 꿰매"었다는 표현이 그것을 암시한다. "장롱 속 배냇저고리"는 미래에 태어날 생명을 위한 옷처럼 보이는데, "가끔 꺼내어/ 함박눈에 덧대어 오랫동안 꿰매"었다고. 비약을 무릅쓰고 말하자면, 앞으로 태어날 새 생명이 입을 옷은 '함박눈' 같은 자연의 동무들과 어깨 걸고 갈 때 진정한 수선이 이루어질 수 있다는 게 아닐까. 앞서 간단히 말했지만, 인간이 자기 존재의 충만을 이루려면, 인간 이외의 지구 생명체들의 도움이 아니면 반쪽을 면할 수 없는 것이다.

> 잔인한 것은 세월
> 기억이 너를 점령하지 못하게
> 꽃씨를 심어
> 아침마다
> 새롭게 피는 나팔꽃이
> 쪽빛으로 남색으로 탄식처럼 아름다우리니
>
> —「다시 피는 꽃」 부분

시인의 기억 속에서 느끼는 세월은 '잔인'으로 표현할 만큼 고통스러웠을까. 하지만 아무리 고통스러웠다 하더라도 그런 "기억이 너를 점령하지 못하게/ 꽃씨를 심"자고 한다. 꽃씨가 무엇인가. 잔인과 고통으로 점철되는 생의 여정 속에서도 기쁨과 위로를 주는 생명의 원천이 아니던가. 밤새 어두운 기억들로 잠 못 이루는 불면의 밤을 지새웠더라도, 아침 이슬이 얹힌 '나팔꽃'의 미소와 마주하면 밤의 어두운 기억들이 말끔히 사라지지 않던가.

햇살 기우는 저녁
포도밭 집 탱자나무 울타리 오르면
건너편 언덕에서 나팔 소리
언덕 아래쪽엔
하루 삶이
아직도 엉클어져 있지만
강하고 약하게 이어지는 곡조는
남아 있는 햇살에 실려
온 하늘로 흩어진다

…(중략)…
나팔수는
밤에도 나팔을 불어
끝나지 않는 우리의 하루를
밤하늘 별로 흩어지게 하리니
새로운 날이 오는
새벽까지 부세요
간혹 따라 부르는 내 노랫소리가
그저
탱자나무 울타리에 올라앉은 작은 새 되게
따스함으로 영혼을 소생시키는 햇살 되게

─「나팔수」 부분

시인은 탱자나무 울타리 너머에서 들리는 나팔 소리, 밤에
도 들리는 나팔 소리를 들으며 "끝나지 않는 우리의 하루를/
밤하늘 별로 흩어지게" 한다고 여긴다. 그 나팔 소리는 시인
에게 큰 삶의 위안이 되었던 듯, "새로운 날이 오는/ 새벽까
지" 불어 달라고 요청한다. 그리고 시인은 그 나팔 소리에
"간혹 따라 부르는" 자신의 노랫소리를 포개며 자신의 간절
한 소망을 담아낸다.

　　탱자나무 울타리에 올라앉은 작은 새 되게
　　따스함으로 영혼을 소생시키는 햇살 되게

　언뜻 이런 시인의 소망은 소박해 보인다. 하지만 자유로이
하늘을 날아다니는 "작은 새"가 되고 "영혼을 소생시키는 햇
살"이 되는 것은 비현실적일 만큼 불가능한 욕망이 아닌가.
이것은 역설적으로 시인이 현실 감각이 무뎌져서라기보다는
'동심의 꿈'을 간직하고 있기에 꿈꿀 수 있는 욕망이 아닐까.
어쩌면 시인은 세상의 어떤 경전보다 큰 대자연이라는 경전
을 품에 안고 살기 때문일 것이다.
　곽은주의 시들을 전체적으로 일별하면서 닿아 오는 느낌
은 시인의 심상이 맑다는 것이다. 그 맑음은 시인이 자연의
동무들을 호명하고 동심을 갈무리하고 있기 때문이다. 그렇
지만 "세수를 하며 자랑도 허물도 없는 나이의 머리를 빗기
며/ 그리움도 부끄러움도 씻은 듯/ 세월에 씻긴 얼굴/ 맑고/
맑"(「투명함 넘어 맑음」)은데, 왜 시의 화자는 '안타깝다'고 할까.

맑은 감성은 시인이 지녀야 할 미덕임에 틀림없지만, 곽은주 시인이 자기의 시 세계를 확장하고 영혼의 진보를 꾀하려면 자기 내면으로 더 깊이 파고들어야 할 것이다. 언젠가 아름다운 백련白蓮이 피어 있는 연못을 보며 생각한 것인데, 깊이 없이 아름다운 표면은 존재하지 않기 때문이다. 첫 시집을 상재하는 곽은주 시인에게 바라기는, 삼길 포구에서 만난 "꽃잎 붉게/ 바닥에 앉아 그물 깁는 남자"(「삼길포구」)처럼 덧거친 세상으로 두려움 없이 나아가 보다 자유롭고 진일보한 자기만의 시 세계를 열어 갈 수 있기를 바란다.